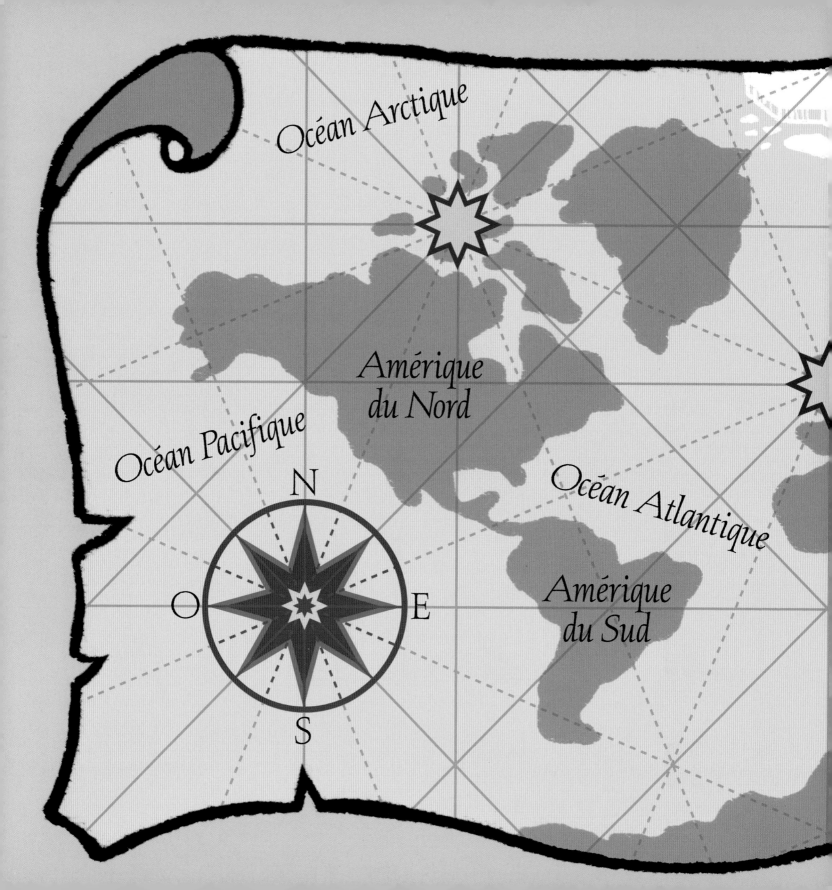

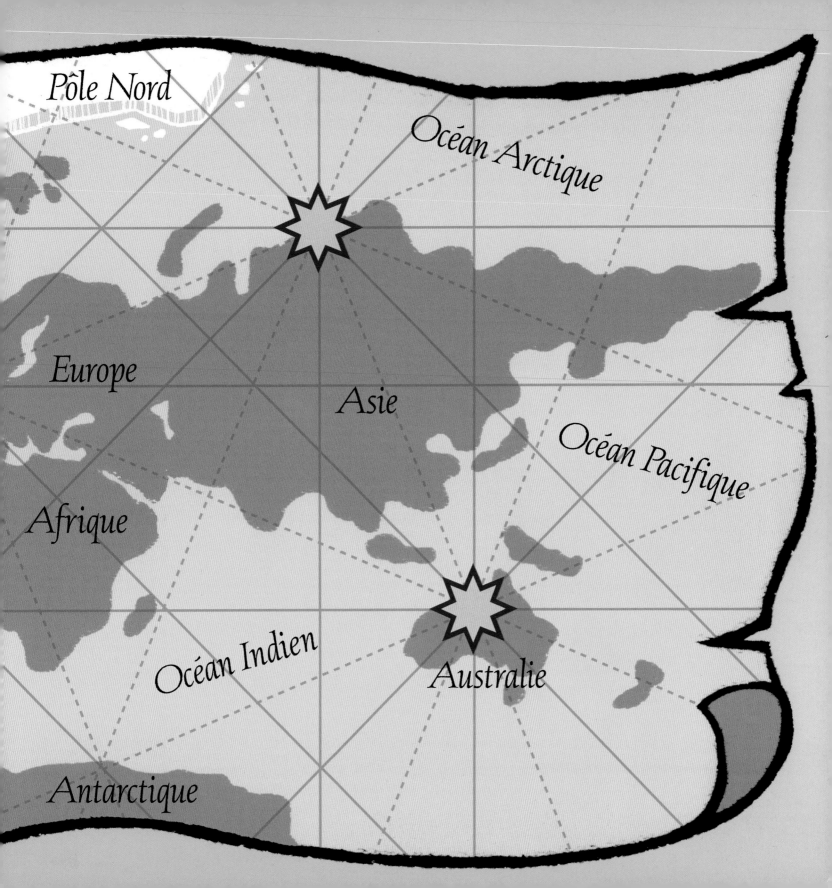

Pour Mike et Elim

Catalogage avant publication de Bibliothèque et Archives Canada

Yoon, Salina
[Penguin's big adventure. Français]
Polo au pôle Nord / Salina Yoon ; texte français de Josée Leduc.

Traduction de : Penguin's big adventure.
ISBN 978-1-4431-5424-6 (couverture souple)

I. Titre. II. Titre: Penguin's big adventure. Français.

PZ26.3.Y66Pop 2017   j813'.6   C2016-904592-7

Édition publiée par les Éditions Scholastic, 604, rue King Ouest, Toronto (Ontario) M5V 1E1 Canada.

5 4 3 2 1   Imprimé en Chine CP156   17 18 19 20 21

Les illustrations ont été réalisées électroniquement à l'aide d'Adobe Photoshop.
Le texte a été composé avec la police de caractères Maiandra.
Conception graphique du livre : Nicole Gastonguay

Polo au pôle Nord

Polo est passé par là!

Salina Yoon

Texte français de Josée Leduc

Éditions
SCHOLASTIC

Un jour, Polo a une super idée.

Il veut faire quelque chose qu'aucun autre manchot n'a jamais fait.

Il veut être le premier manchot à poser le pied au pôle Nord.

Polo planifie son voyage et prépare son sac à dos. Il roule la carte de sa grande aventure et part.

Polo n'a même pas parcouru un kilomètre qu'il aperçoit Émilie en train de coudre.

— Oh là là! C'est une très belle courtepointe! s'exclame Polo. C'est la plus grande que j'aie jamais vue.

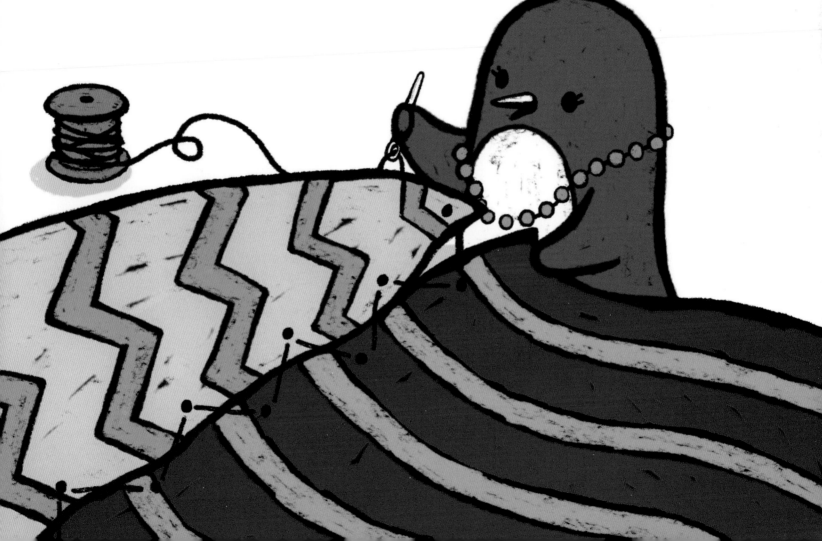

Polo n'a même pas parcouru deux kilomètres qu'il aperçoit Potiron, son petit frère, en train de tisser.

— Oh là là! C'est un très beau panier, Potiron! s'exclame Polo. C'est le plus grand que j'aie jamais vu.

Polo n'a même pas parcouru trois kilomètres qu'il aperçoit Bottine en train de tresser les plus longs cordons qu'il ait jamais vus.

Je peux t'aider?

Je ne veux pas te retenir, Polo. Tu as beaucoup de chemin à faire!

Alors Polo poursuit son voyage jusqu'à l'autre bout du monde pendant que ses amis essaient de battre leurs propres records mondiaux.

Polo passe par ses endroits préférés.
Il en profite pour visiter de bons amis.

Il s'amuse énormément!

Polo atteint enfin le pôle Nord.

Polo lance des confettis,

fait la roue,

et plante un drapeau.

Polo crie « HOURRA! » et l'écho
de sa voix résonne sur la glace.

Personne ne répond.

Soudain, Polo a peur et se sent seul.

Mais en fait, il n'est pas seul.

Polo n'a jamais vu
d'ours polaire.

Et l'ours polaire, Paul, n'a jamais vu de manchot.

Ça fait peur!

Polo et Paul se sourient et, comme par magie, la peur disparaît.

Portes-tu une ceinture noire?

Non, je porte un foulard orange!

As-tu de grandes dents pointues?

Non, mais j'en ai peut-être une qui pousse!

Ensemble, ils parcourent le pôle Nord.

construisent des igloos

Ils vont observer les baleines,

et explorent l'océan Arctique.

À présent, il est temps de
se dire au revoir et de repartir.

Polo laisse sa carte à Paul.
Il n'en a plus besoin.

Le plus amusant quand
on part pour une grande
aventure, c'est…

de rentrer chez soi.

Record mondial

Premier manchot
qui a posé le pied
au pôle Nord!

Polo

Certifié par grand-papa

Témoin Paul l'ours polaire

Record mondial

Premier ours
polaire qui a
rencontré un
manchot!

Paul

Certifié par grand-papa

Témoin Polo le manchot

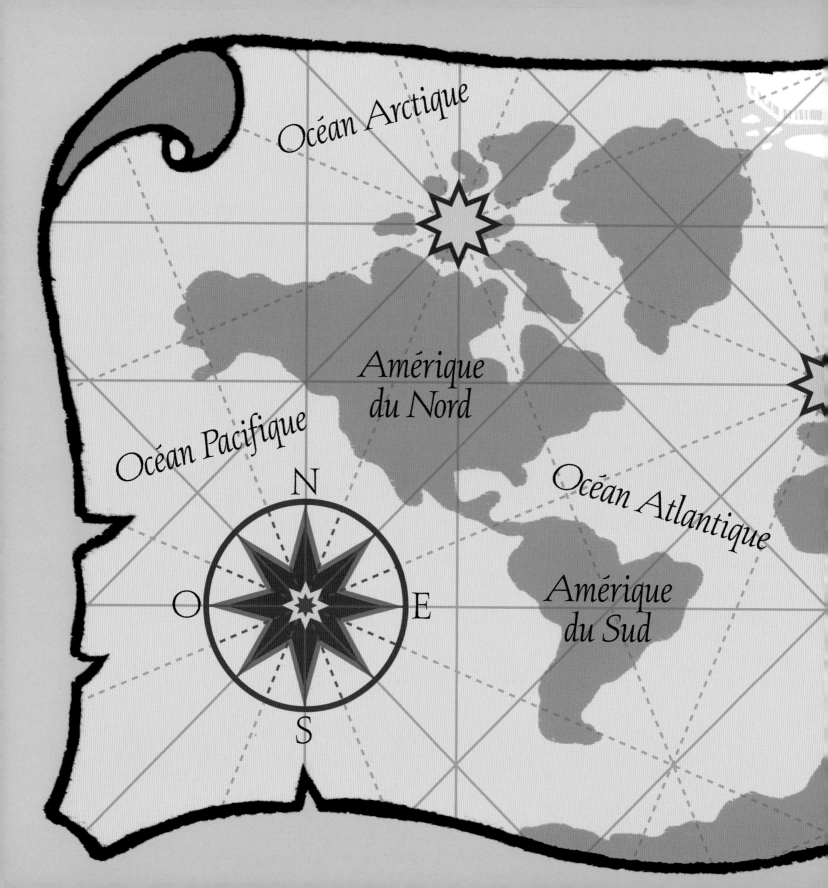

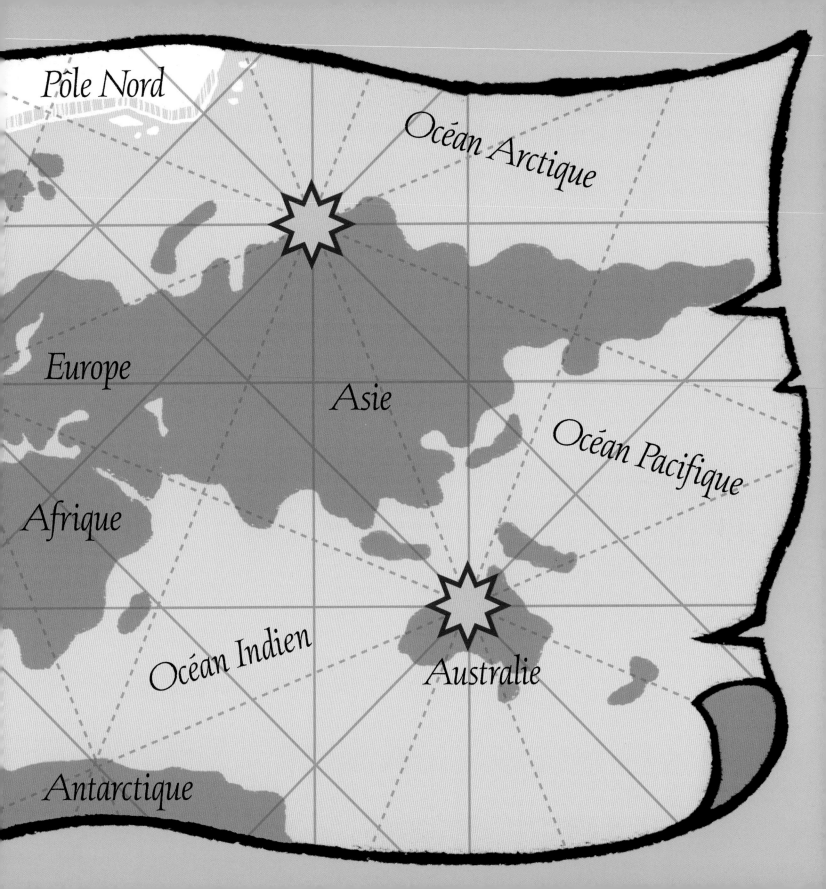